소공포

민음의 시 ● 304

소공포

배시은 시집

민음사

자서(自序)

우리는 곧바로
그다음 상황에 놓인다

2022년 10월
배시은

차 례

1부

바퀴 달린 짐 가방 **13**

칫솔 **14**

회전문 **15**

백미 **18**

평균자유행정 **20**

역소원 **22**

참가시은계목 **23**

묵독 파티 **24**

익익월 **26**

현재형 일기 **29**

2부

소공포 **33**

은점토 **34**

수관 기피 **35**

활력 징후 **38**

소공포(2022) **39**

미세 운석 먹기 **46**

비더빙 디비디 **48**

교통섬 **50**

무배치 간이역 **55**

날씨가 그 지역을 넓히고 있다 58

공생발생 60

종합영원 62

너의 가방은 내용물이 보이는 가방 64

디지털 수족관 66

해상 물류 68

소공포 72

무한 목숨 캐릭터 74

3부

「최선을 다하지 않는다는 느낌」에 반해 버렸다 81

물음 84

한글입숨 85

모든 것을 하는 것 86

해체전 90

akzkeka 92

네 얼굴 작은 점들로 이루어져 있고 96

해체전 98

추위 100

헬로 월드 102

4부

체크아웃 **107**

구원 **110**

연극배우 **112**

축일 전야 **114**

은점토 **116**

근린 **117**

이슈잔 **118**

은점토 **120**

바지 **121**

작품 해설 - 김뉘연(시인) **123**

추천의 말 - 김유림(시인) **137**

1부

바퀴 달린 짐 가방

관리인은 내게 방을 고를 수 있는 권한을 주겠다고 했
다. 남은 방은 하나였으므로 권한은 작디작고 주눅 들어
있었다.

바퀴 달린 짐 가방 건강을 해칩니다.

칫솔

짐을 풀자
짐은 풀린다

모든 것과 오랜만이다 오랜만인 것들은 나에게 소중하
고 독이 된다
어제는 운이 나빴다 웃긴 것은 얼마나 더 운이 나쁠 수
있는지 스스로 시험해 보려 했다는 점이다
그러나 나는 운이라는 것이 꼭 있다고도 생각지 않는다

중요한 것은 일어난 일이다 어디까지가 일어난 일인가
아는 것이다
일어날 일은 일어난 일이자 일어나지 않은 일이다 일어
나지 않은 일은 이미 일어난 일이다

칫솔을 입에 물고
똑 부러뜨린다 입안을 구르는 머리통

회전문

건물은 들어가지만 않는다면 별로 무섭지 않다
입구가 있어도?
회전문이어도?

줄을 팽팽하게 늘여서 뭐 하려고?

줄 끝까지가
내 몸이고

거기서
촉감을
느끼고
아ㅏㅇ아아ㅏ아아

회전문에
끼어들어
돌아가고
아ㅏㅇ아아ㅏ아아

"치료상의 유익성이 위험성을 상회한다고 판단되는 경우에만 복용합니다"

약통 측면에 적혀 있는 이 상회한다는 말이 오늘 오후까지 내려야 할 중요한 결정에 영향을 끼친다

손바닥에 사귈 효 혹은 가로 그을 효 한자를
적기 시작하고

사귈 예를 두 번 쌓아서

위와 아래에 거듭 사귀어서
건물을 짓듯이

대부분의 일들은 직접 겪을 필요 없다고 생각하면서
나는 유사 이래 외로움이란 것엔 별 관심이 없다

이 글자는 4획이면 적을 수 있다

정말 금방이야

정말 금방

그게 아니고

나는 사람들이 외로움이라는 것에 그만큼이나 집중할

수 있다는 것이 더 놀랍고

신기하다

나는 외롭지 않다 그게 아니고

숨을 잠깐 참고

몸을 천천히 일으켜 봐

일으켜

일으켜

일으켜

백미

밥알을 씹는다. 밥알에선 쓴 맛이 나고 밥알은 입안을 가득 채우는 데다 밥알 같지 않고 질깃해서 턱이 불편하다. 결국 전부 손바닥에 뱉어 낸다.

밥알은 얼굴을 하고 있다.

이곳은 사람이 외출한 지 오래된 집 안이다. 집 안에서는 집 밖밖에 볼 수 없고. 민무늬 종이 가방이 공중을 기어 올라가고 있다.

한 명밖에 없네.
그때 누군가 나를 세고 간다.

알은체할 수 없었다. 집 밖에서 연이어 굉음이 들린다. 뭔가가 계속 터지고 있고. 계속 터질 수 있는 것은 내가 알기론……

차임벨이 울린다. 그러자 문 밖에 밥알의 얼굴이 서 있다. 나는 손바닥 안의 밥알을 감싸 쥐고 문고리를 잡아 돌린다.

평균자유행정

밤사이 벽은 얼었다

이동 상인은 이동한다 지난날보다 기울고 야윈 벽 아래로

직접 구운 유리 문진을 팔기 위해서다

이동 상인은 유리 문진에 넣을 수 있는 모든 것을 넣었다

넣을 수 없는 것을 뺀 넣을 수 있는 모든 것

넣을 수 있으나 넣지 않은 것을 뺀 넣을 수 있는 모든 것

자연력이나 영혼, 신념 체계를 포함할 수도 있다

그 모든 것을 허용함에도 형체를 유지한 유리 문진만이

이동 상인의 가방 안에 들어갈 수 있었다

〉 눈을 치우듯 유리 파편들을 쓸고 쓸었던 순간을 떠올리며

　이동 상인은 아무런 마음도 갖지 않는다

　그 모든 것을 떠나보낼 심산만으로 매일 아침 눈을 떠야 한다고

　기나긴 벽을 다 지나올 쯤에야

　느리고 환연한 판단을 내린다

역소원

무슨 소원을 빌었냐는 질문에 대답 못 했다. 소원이 없기 때문이다. 정확하게는 빌 수 있는 소원이 없다. 사람들이 소원을 빌 때 그리고 소원은 발설하면 이루어지지 않는다고 입을 꾹 다물 때 사람들의 속내라는 것이 아득히 멀고 무섭게 느껴진다.

자 소원을 빕시다.

기도를 합시다. 그리고 각자의 염원 속으로

들어갈 때 나는 완전한 적막 속에 혼자 놓인다. 소원의 시간이 최대한 빨리 지나가기를 소원하는 시간에 놓인다.

나는 내가 무엇을 소원할 수 있는지 모르겠다. 또 그것을 안다 해도 말로써 간청할 수 있는 종류의 것인지 모르겠다.

채혈실에서 씀.

참가시은계목

내가 잘못했습니다. 누군가 사죄하는 속보. 껐다 켰다. 그는 나에게 오래전 일을 알려 주었다. 그 일을 알고 나는 의견을 갖는다. 식물도감에서 보호를 발견한다. 위 식물의 꽃말은 보호입니다. 위 식물은 삼 미터까지 자랍니다. 가지는 연한 회색빛을 띤 갈색입니다. 그는 조금 더 읽어 달라고 말한다. 맹아의 잎은 날카로운 가시로 끝나는 치아상의 돌기가 있으나 성목이 되며 없어져 밋밋하게 변합니다.* 그는 프레스 방식의 스테이플러로 철심 없이 종이를 철하며 영혼이 들어오고 싶어 할 만해라고 말한다. 식물에 대해서 하는 말은 아닌 것 같았다. 오래된 메모에는 이런 문장이 있다. 내가 의견을 갖는다고 해서 그게 옳다는 의미는 아니지요. 문장의 출처를 덧붙이기 위한 괄호 안에는 아마도 수전 손태그라고 적혀 있다. 그다지 확실하지 않은 수전 손태그. 이것은 거의 수전 손태그에 가까운 수전 손태그의 말이라는데 너는 어떻게 생각해. 그는 저화질로 멈춰서 아무 말도 안 한다. 그때 나는 오래전 일을 생각한다.

* 이창복, 『원색 대한식물도감』(향문사, 2003).

묵독 파티

아마도 악마가 도그지어를 만들고 갔을 것이다

사람들은 책을 읽고 있다

한 사람이 한 권씩 읽고 있다

각자 다른 책을 읽으면서 실은 모두가 악마 생각을 하
고 있다

악마는 단 하나뿐이기 때문이다

　　여러분
　　여러분이 아닌 여러분

악마는 속삭인다

　　돔바른 여러분

　　더는 유망한 이론을 받아들일 자신이 없는 여러분

> 악마는 속삭인다

사람들은 조용하고 힘없는 척한다

책에 몰입하는 척한다

쏟아지는 책들을 등으로 막아서고도 태연히

　　아마도 악마가 마음 안에
　　들어오고 있을 때

오늘의 파티는 여기까지입니다

사람들은 전구를 끄고
전구가 식을 때까지 기다린다

상서로움을 느낀다

익익얼

도마는 하나면 된다.

웬만한 건 다 하나면 되듯이.

무언가가 내 몸을 통과해 나가고. 그것을 바람과 비슷한 것이라고 느끼지만 바람은 아니다.

먹다 뱉고.

먹다 뱉은 것을 먹는다. 먹고, 먹고, 먹고, 먹고, 먹고, 먹고, 먹고, 먹고, 먹고, 먹고

먹는다.

미래를   알 수 있는   방법은   최대한   많은 미래를   상상하는   것뿐이다.   많은   미래를 상상하면   미래는   그저   그것들   중   하나에 그친다.

잠시 생각했다.

나는   기후가   나의   전부라고   여긴다.

긴 기간에 걸쳐서
생각했다.

먹다 뱉고.

먹다 뱉은 것을 익월에 다시는
먹지 않는다. 나에게 그런 식의 자유는 주어진 적 없다.

나는   기후가   나의   전부라고   여긴다.

긴 기간에 걸친
생각은 어색한 구석이 있는데

그만큼 흠 잡을 데 없다.

이것을   이것으로   바꿔 주세요.

결정하면서.

도마는 하나면 된다.
촛불이 하나면 충분함과 같다.

현재형 일기

나는 화자가 아니다   나는 인터넷
그리고 신체에 대한   생각을 멈출 수 없다
어떤 사실은 알려져 있고   어떤 사실은
알려져 있지 않다   나는 의견을
가질 수 없다 의견을 갖는 순간 그 의견이
간과하는 것들로부터   자유로울 수 없다
나는 화자가 아니다   나는 화자의 변외도
아니다 나는 그 어떤 것들과도   무관하다
나는 여전히 가장 중요한 것을   마음
깊숙이는 받아들이지 못하고 있는   것
같으며 그렇다고 그것에 대해 더   알려
하고 있지도 않다 내가 하고 싶은   말들은
이제 꺼내어 사람들 사이에   두기에는
적절치 못하게 되었다   나는 의견을 가질
수 없다   어떤 사실은 알려져 있고 어떤
사실은 알려져 있지 않다 의견을 갖는 순간
그 의견이 간과하는 것들로부터   자유로울
수 없다   나는 싫지도 좋지도 않다는 말을
하고 싶지 않다 나는 인터넷 그리고 신체에

대한 생각을 멈출 수 없다 내가 하고 싶은
말들은 이제   꺼내어 사람들 사이에
두기에는 적절치 못하게 되었다   나는
여전히 가장 중요한 것을 마음   깊숙이는
받아들이지 못하고 있는 것   같으며
나는 그 어떤 것들과도 무관하다   나는
화자가 아니다 나는 싫지도 좋지도 않다는
말을 하고 싶지 않다   어떤 사실은 알려져
있고 어떤 사실은   알려져 있지 않다
그렇다고 그것에 대해 더 알려 하고 있지도
않다   나는 의견을 가질 수 없다

2부

소공포

소공포는 구멍이 뚫려 있는 멸균된 면포로 지금은 나의 얼굴이다 나의 얼굴은 구멍이 뚫려 있는 멸균된 면포로 너의 얼굴에 내려앉는다 너와 나의 얼굴은 하나의 얼굴이다

얼굴은 접히거나 펼쳐진다 얼굴이 겹겹이 쌓인다

치아는 크기와 무관하게 하나씩 뽑는다 잇몸이 끽끽 뒤틀린다

치아가 뽑혀 나간다

치아가 간다

치아는 더 이상 얼굴이 아니다

치아는 스테인리스 스틸에 부딪힌다

물을 머금고 뱉는다 물은 이런 일쯤 아무것도 아니라는 듯이 붉게 퍼지면서 너를 쳐다본다 그것은 나의 얼굴이다

그것은 치아의 얼굴 그것은 공포를 모르는 얼굴이다

은점토

영혼의 쌍둥이를 만났다 그러나 영혼이란 별거 아닐지도 모른다 영혼은 무언가 특별하다고들 말한다 뭔가 달라 의심쩍게 말할 때 사람들의 영혼은 쪼그라들었다가 펴지기라도 하는 걸까 영혼은 몸을 입고 태어날 뿐이기 때문에 몸이 죽어도 영혼은 남아 다른 몸으로 다시 태어난다 영혼은 세상을 떠돌고 몸이 갈 수 없는 곳까지 도달한다 그런 상상을 하는 것은 달콤하고 때로는 사람들의 모험심을 들춘다 그러나 실제로 영혼이란 게 그렇게 고유하지도 자유롭지도 않은 것이라면

나는 그것을 믿는 것 이상을 원한다

나는 그것을 믿는 것 이상을 원한다 이대로 끝날 수는 없어서 시작되는 이야기들을 이대로 끝날 때까지 복기하면서 그래 그래 내 쌍둥이의 영혼이 맞장구친다

수관 기피

현미경을 들여다본다

.

폴리에틸렌의 안쪽은 너무 광활하여 차마 이름 붙일
수 없다

.

풍경이라고 말할 수 없다

.

네가 누구인지 알면 좋을 텐데. 배우는 편지를 쓴다

.

편지는 배우를 지지하는 사람들 중 한 명에게 전해지기
로 예정되어 있다

.

편지는 예정을 뒤따라간다

.

배우와 검표원은 짧은 대화를 나눈다

양치를 해도 되나요?

.

물론입니다

．

혼효림으로 가는 길은 비좁고 험준하다

．

너는 무슨 생각해?

．

배우의 글씨체는 알아보기 쉽다

．

글자에 덜 적응한 듯한 글씨체

．

글자에 적응할 의향이 없는 글씨체

．

의문문과 어울린다

．

어떤 단어도 다의어로 보이도록 만든다

．

그럼 잘 지내.

．

편지를 접었다 편다

．

글씨체 속으로 배우는 사라진다

.

그건 구체제 때문이다

.

구체제가 달라진 시대를 여전히 통치하고 있어서야

.

배우는 화면 속에서 살아난다

.

배우는 낙심하지 않는다

.

폴리에틸렌은 쓸모를 다한다

.

현미경을 들여다본다

.

혼효림이 펼쳐져 있다

활력 징후

크고 무거운 바지를 맨몸으로 껴안고 빨래한 건 그것을
특별히 사랑해서가 아니라 요령이 없어서다 그런데 꼭 사
랑하는 것 같지 바지를 안은 순간엔 생각한다

생명를 해칠 것처럼 물줄기가 환한 걸 봐 격자무늬가
모자란 데 비해 지나치게 많은 활력을 경험했다

활력을 징후 삼았다 빛의 세기에 따라 몸 마음 따위를
뒤집어 대도 될까 하고 이미 아는 것밖에 사랑할 수 없네
사랑은 얼마나 좁은가 하고

몸의 테두리가 물 위에 남는다 얼마 지나지 않아 흩어
지는 것으로써 남는다 그처럼 생존이 가능하다손 치더라
도 희검은 얼룩을 문지를밖에

얼룩이 희검기를 바랄밖에 맥박을 가지런히 내려놓을
밖에 더운물을 마신다 너와 동시대로 온다 심실세동이 곧
맨몸들을 뒤집어 놓는다

소공포(2022)*

지금 죽고 싶은(2000)

2000년에 25살이 되는 조나(1976)

신이 되기는 어렵다(2013)

망각에 저항하기(1991)

0116643225059(1994)

아래를 봐(2019)

외부 공간(1999)

녹색 광선(1986)

은빛 지구(1988)

모든 곳에, 가득한 빛(2021)

왜 도망칠 수 없는 곳에서 도망치려 하냐고? 왜냐하면
겁쟁이기 때문에(1970)

2분 40초(1975)

추하고 더럽고 미천한(1976)

삼면 거울(1927)

가늘고 푸른 선(1988)

⟨---⟩(1969)

나의 어린 시절(1972)

내 형제가 가르쳐 준 노래(2015)

어둠 뒤에 빛이 있으라(2012)

지구지구지구(2021)

통 굴리기(1906)

들불(1959)

파장(1967)

레몬(1969)

바람(1968)

부력(2019)

무제 77-A(1977)

지구생명체(2005)

얼지 마 죽지 마 부활할 거야(1990)

모두 착한 사람들(1969)

아페림!(2015)

정상에선 모든 것이 조용하다(1999)

체리향기(1997)

남쪽(1983)

자유(2001)

개입자(2004)

오고 가며(2003)

네 번(2010)

하나 그리고 둘(2000)

무언가 다른 것(1963)

다른 모든 것들(2016)

정오의 낯선 물체(2000)

우연히 나는 아름다움의 섬광을 보았다(2000)

화해 불가(1965)

얼굴들(1968)

햇빛 속의 모과나무(1992)

내게 만일 네 마리의 낙타가 있다면(1966)

사랑해 사랑해(1968)

네버 에버(2016)

해피 아워(2015)

너희가 나를 사랑하기만을(1976)

우리는 같은 꿈을 꾼다(2017)

진흙강(1981)

도원경(2014)

중심지대(1971)

붉은 대기(1977)

카메라를 든 사람(2016)

우리가 왕들이었을 때(1996)

나는 기억한다(1973)

자신의 두 눈으로 본다는 행위(1971)

축제의 여름(…혹은 중계될 수 없는 혁명)(2021)

아름다운 빈랑나무(2001)

신의 간섭(2002)

인간의 고독한 목소리(1987)

나의 20세기(1989)

태양 없이(1982)

먼 바다까지 헤엄쳐 가기(2020)

친애하는 당신(2001)

귀(1970)

송곳니(2009)

클로즈 업(1990)

삼사라(2011)

나는 왜 팔짝팔짝 뛸까(2020)

식물학자의 딸(2006)

그는 삶의 시간들을 세며 사막에 서 있다(1986)

어둠이 오기 전에(2016)

스모킹/노스모킹(1993)

공공장소(2001)

흡혈귀들(1915)

자신에 적합한 얼굴(2004)

징후와 세기(2006)

부정적으로 생각하기(2007)

쏘아올린 불꽃, 밑에서 볼까? 옆에서 볼까?(1995)

긴 하루 지나고(1992)

우리의 환대(1923)

군중(1928)

재구성(1968)

소매치기(1969)

가족 생활(1971)

다음 상영작(2008)

이것은 영화가 아니다(2011)

지나간 것의 기억(1993)

영원과 하루(1998)

전자 구름 아래에서(2015)

모두 용서했습니다(2007)

이것이 바로 민주주의!(2000)

그리고 우린 춤을 추었다(2019)

내 책상 위의 천사(1990)

내 친구의 집은 어디인가(1987)

태어나기는 했지만(1932)

셋이서 가자(2014)

새천년 건강 체조(2001)

재와 다이아몬드(1958)

사랑받는 방법(1963)

나의 계곡은 푸르렀다(1941)

지금 보면 안 돼(1973)

카메라를 멈추면 안 돼!(2017)

죽기에는 어려(2018)

안녕하세요(1959)

뉴 랜드(1972)

엘리펀트(2003)

검거(1966)

나쁜 놈일수록 잘 잔다(1960)

전혀 아니다, 별로 아니다, 가끔 그렇다, 항상 그렇다(2020)

아파트 열쇠를 빌려 드립니다(1960)

안전은 보장할 수 없음(2012)

신과의 대화(2001)

계엄령(1972)

트래픽(1971)

축제일(1949)

희망의 건너편(2017)

사랑만 원하는 건 아냐(1993)

당신 다리 사이의 악마(2019)

세 오렌지의 사랑(1999)

우리도 달리 할 수 있다(1993)

집에서 온 소식(1977)

내 마을을 날려 버려(1968)

* 영화 제목으로 이루어진 시.

미세 운석 먹기

더는 하고 싶지 않아 더는

위 구절은 두 글자씩 다섯 묶음으로 이해해 볼 수 있다.

일제히 모든 것이
쏟아지고
다 다른 모양과 투명도로
나는 안다.
아주 멀리서부터 온 것이
여기 섞여 있다는 것을.

비문증과
미세 운석을 구분하는 법을.
유리체는 태어날 때 생성되어
일생 동안 교환되지 않는다.

저절로 구르지 않는다.

무언가 떠다녀

떠다닌다.
떠다니는 것
나를 피해서

나에게만 보이는 것으로.

잠시
관심을 돌릴 뿐.

그때에도 미세 운석은 내 몸을 들락날락하고 있다.

무언가 떠다녀!

신체 구조의 시스템으로
관심을 돌릴 뿐.

큰 글씨와
작은 글씨

비더빙 디비디

유기 식물을 껴안고
그는 외웠다

무엇이라도 되어 주는 것이 좋겠어

대사를 외우면서
생각을 줄였다

대사를 외우면서
대사를 외우면서 대사를

대사를 외운다는 생각이
대사를 따라잡을 때까지

대사를 줄였다
대사는 외우는 게 아니랬는데

상황을 이해하는 거라고
그는 외웠다

> 상황을 이해하기에
상황은 항상 멀리에 있다

그는 외웠다

무엇이라도 되어 주는 것이 좋겠어

아무거나 있는 것보다는 아무것도 없는 게 나은데 너에
게는 무엇이라도 쥐어 주는 게 좋겠어
내가 너의 무엇이라도 되어 주는 게 좋겠어

식물에 대고
더빙을 했다

이 장면은 여기서 끝나

그는 식물을 외교 행낭처럼 대했다
소중히 하되 파헤쳐 보지 않았다

교통섬

수검자는 앉아 있되 서 있는 것처럼 행동한다

서 있으면 옥외가 보일 것이다

무빙 워크

신설 건물

무빙 워크

신설 건물

예초기 날

시선유도봉이 늘어서 있다

그중 하나는 뽑혀서 노면 위에 누워 있다

겉면의 야광 띠가 얼마나 벗겨졌는지까지 알 수 있다

난연성 재질의 천막 아래로

시선유도봉이 굴러간다

저것을 누군가 뻥 차 주기를

이런 건 쓰레기통에 좀 버리세요! 소리 질러 주기를

나는 원한다

나는 괜찮아
나는 생각한다
나는 궁금하다
나는 기다린다
나는 피곤하다
나는 돌이킨다
나는 행복하다
나는 움직인다
나는 슬프다

나는 아프다

나는 만든다

나는 떠난다

나는 기대한다

나는 알고 있다

나는 지금 일어났어

나는 잘 지내

나는 할 수 있다

나는 말했다

나는 확신한다*

나는 할 수 없다

수검자는 앉아서 글자를 쓴다

한번∨쓴∨것은∨고쳐∨쓰지∨않는다라고 쓴다

자동문이 전보다 느리게 닫히는 사이

아 내 정신 좀 봐

복도에서 말이 새어 들어올 때

그것과 뒤바꾼 무언가가 지금 막 내 몸에서

빠져나갔다는 것을

사지 말단 부위로 감지한다

만나서 반가워
사랑해 주세요
만나서 반가워
사랑해 주세요
만나서 반가워
사랑해 주세요**

예초기 돌아가는 소리가 번역되어 들린다

핸드레일이 움직인다

핸드레일에 풀가루가 묻어난다

만나서 사랑해 반가워 주세요

수검자는 의심을 거두고

예초기를 내려놓는다

* 네이버가 제공하는 번역 서비스 papago.
** 고양이 울음소리를 해석해 주는 애플리케이션 meowtalk.

무배치 간이역

세 사람이 있다 나는 세 사람 중 한 사람이 되어 가고 있다

한 사람은 한 사람을 업고 달리고

한 사람은 그 옆을 바싹 쫓는 동안

이 사람은 좀 전까지 나와 흙더미에 얼굴 문대기 놀이를 하고 있었습니다 한 사람은 말한다

이 사람과 나는 흙 묻은 얼굴로 마주 보고 샐샐거렸습니다 이 사람은 좀 전까지 스스로 움직였습니다

세 사람은 멀리서 볼 때 한 사람처럼 보인다

한 사람은 말한다 이 사람은 기억력이 탁월합니다 이 사람은 결막모반을 갖고 있습니다 이 사람은 빈 가방을 메고 다닙니다 이 사람은 여간하여서는 손에 쥔 것을 떨어뜨리지 않습니다

이 사람은 아직 저녁 식사를 하지 않았습니다

세 사람은 세 사람을 앞질러

실골목을 완전히 빠져나간다

이 사람은 길을 잘 찾습니다 이 사람은 늦게라도 꼭 약
속을 지킵니다 나는 이 사람을 압니다

이 사람과 지나쳤던 역의 이름을 압니다

한 사람은 숨을 몰아쉬며 띄엄띄엄 말한다

이 사람과!

나는!

평생에!

걸쳐!

사람 하나가 들어갈까 말까 한 비좁은 건물 입구에 다다른다

나는 세 사람을 빠져나온다

금작화 가지로 만든 빗자루가 스스로 일어선다

날씨가 그 지역을 넓히고 있다

지구 뒤편의 박리지를 뗀다
지구는 점착력을 갖는다
맨틀은 감람암으로 이루어져 있고
맨틀은 흐르는 돌과 같다
해령은 조용히 들끓으며 새 땅을 만들어 낸다
맨틀은 감람암으로 이루어져 있고
맨틀은 흐르는 돌과 같다
해령은 조용히 들끓으며 새 땅을 만들어 낸다
새 땅을 믿는다
믿는다는 것은 물기를 닦는 일과 같다
믿는다는 것은
와와 흩어져
와와 모여서
와와 나는
와와 나는
와와 흩어져
와와 모여서
국기에 휘감긴 관
숲을 뒤져 탄약을 수거한다

숲을 뒤져 탄약을 수거한다

텅 비었어. 말하면 그는 잠잠하다. 이해한다

날씨가 그 지역을 넓히고 있다

잠잠하다

날씨가 그 지역을 넓히고 있다

날씨가 그 지역을 넓히고 있다

날씨가 그 지역을 넓히고 있다

잠잠하다

와와 흩어져

와와 모여서

와와 나는

와와 나는

숲을 뒤져 탄약을 수거한다

맨틀은 감람암으로 이루어져 있고

맨틀은 흐르는 돌과 같다

맨틀은 흐르는 돌과 같다

해령은 조용히 들끓으며 새 땅을 만들어 낸다

부정형 건물은 나무를 보호한다

공생발생

그는 웃는다
초유의 관심사 없이

끝났다는 생각 때문에

잘잘못 웃는다

끝냈다는 생각 때문에 웃는 경우는 잘 없기 때문에

감염력 앞에서 그는 미리 웃는다

그는 성체처럼 웃는다

그는 웃으면서 웃는다

그는 걷는 대신 웃는다

그는 헌신적으로 웃는다

그는 초월하지 않으려고 웃는다

그는 웃음을 거머쥔다

그는 뒤를 돌아보고 무언가 꺼림칙함을 느낀 뒤

아주 잠시
아무 말 말게

끝을 본다

그는 영혼을 어슷썰기 한다

그는 플롯을 넘어가고 있다

웃음이 떠내려간다

종합영원

그것은 육안으로 확인하기 어려울 정도로 조그맣다 그러나 그것이 지나간 자리는 희미하게나마 볼 수 있다

그것은 영원하지 않은 대신 크고 작은 인상을 남긴다

신을 생각하면 신이라는 글자를 생각한다
신이라는 글자는 어떤 느낌을 주기 전에 그 느낌을 앗아 간다

지구는 이미 아는 것들로 가득하다 그러나 안다는 것은 다시 알 수 있다는 뜻이다 아는 것을 다시 아는 것은 처음 아는 것이다 처음 뵙겠습니다 처음 뒤돌아 뵙겠습니다

그것은 지나간다
그것은 네가 무언가 깨닫고 있을 때 그 깨달음 바깥으로 지나간다

치아 아래에 대기 중인 치아

가상 악기가 심장 박동을 재현한다

미래 전망은 끝났다

그것은 그것 외 다른 것이 되지 않는다
그것은 네가 그 상태를 이해할 수 있는 한 너를 열광시
킨다

너의 가방은 내용물이 보이는 가방

너의 가방은 내용물이 보이는 가방
얇은 천은 물건의 윤곽선을 드러내
너의 가방은 내용물이 보이는 가방
물건의 윤곽선은 얇은 천을 보호해
너의 가방은 내용물이 보이는 가방
너의 가방은 네 속을 환히 보여 줘
너의 가방은 내용물이 보이는 가방
네 속은 너의 가방을 활짝 열어 줘
너의가방에 어디에인가 누구와인가
네가거기 있는 건가 거기 있는년가
너의 가방에 어디에인가누구와인가
네가 거기있는 건가 거기 있는년가
너의 가방에어디에인가 누구와인가
네가 거기있는 건가 거기있는 년가
너의가방에 어디에인가 누구와인가
네가 거기 있는건가 거기 있는년가
너의 가방은 내용물이 보이는 가방
너의가방에 어디에인가 누구와인가
얇은 천은 물건의 윤곽선을 드러내

너의 가방에 어디에인가누구와인가
너의 가방은 내용물이 보이는 가방
너의 가방에어디에인가 누구와인가
물건의 윤곽선은 네 마음을 보호해
너의가방에 어디에인가 누구와인가
너의 가방은 네마음이 보이는 가방
너의가방에 어디에인가 누구와인가
너의 가방은 네 속을 활짝 보여 줘
네가 거기있는 건가 거기있는 넌가
네가 거기있는 건가 거기있는 넌가
네가 거기있는 건가 거기있는 넌가
네가 거기있는 건가 거기있는 넌가
네가 거기있는 건가 거기있는 넌가
너의 가방은 내용물이 보이는 가방

디지털 수족관

수족관에 간다
저거 봐
모르는 사람이 가리키는 곳을 본다

수심 이백 미터 아래가 송출되고 있다
심해를 걸으며

돔을 올려다보기 위해 몸을 낮추자 환도상어의 긴 꼬
리지느러미가 만든 그늘
　다 자란 환도상어의 몸길이는 약 오 미터 정도로 사람
을 아득히 넘어선다

　목을 간지럽히는 검은 물빛 만타가오리가 사람들 몸을
일일이 통과하며 지나간다
　사람들은 빛을 만진다

　곡선으로 움직이는
　그래픽이 구현한 생명을 쫓아간다

심해가 회전한다

다음에 여기 또 오자
모르는 사람이 말한다

해상 물류

박스
박스
박스
박스
박스
박스

                         박스
               박스
                         박스
                         박스
                         박스
                         박스
박스   박스   박스
    박스   박스   박스

그는 어제 고중량 박스에 깔렸는데 살았다

그는 전 생애를 한 지역에서 살았다

섬이란 만조 시 수면 위에 있으며 사면이 물로 둘러싸
여 있고 자연적으로 형성된 지역을 말한다*

섬은 생겨난 원인에 따라 육도와 해도로 나눌 수 있다

그는 입체교차로나 횡단보도를 지나 본 적 없다

그는 견치석을 옮겨 본 적은 있다

어디까지가 섬이고 섬이 아닌가?

한 가지 용도로만 사용하도록 만들어진 물건들이 휩쓸
려 온다

그의 앞으로

그의 허리께로

> 다른 모든 조건을 갖추더라도 인간이 거주할 수 없거나
독자적인 경제 활동을 유지할 수 없다면**

그곳은 섬이 아니다

그것은 섬이 아니라 암석으로 분류한다

<u>인간</u>의 <u>거주</u>와 <u>독자적인</u> <u>경제</u> 활동의 <u>유지</u> 그는 밑줄을
긋고

그다음 떠오르는 생각은 잠시 거둔다

견치석   견치석 견치석
견치석   견치석   견치석
견치석
견치석   견치석   견치석
  견치석   견치석

견치석 사이 무언가 반짝인다

그는 그것이 금속성 재질일 거라고 추정한다

잘 닦인 알루미늄처럼 은백색을 띠고 있기 때문이다

그 이상의 구체적인 정보는 필요하지 않다

그는 혈관과 신경망을 유지하고 있다

그는 살았다

* UN해양법협약 제121조 제1항.
** UN해양법협약 제121조 제3항.

소공포

아무것도 나아지지 않아.

그들 중 하나는 속으로 그렇게 생각하며 입 밖으로는 아무 말도 꺼내지 않는다. 그들은 나란히 몸을 누인다. 그러고 나자 오히려 편안하다.

그들 중 하나의 생각밖에 알 수 없는 것은 그들이 똑같이 생겼기 때문이다.

더 좋은 건 없어.

그들 중 하나는 그렇게 생각하고 아무 말도 하지 않는다. 그들은 서로 옆에 있다. 그런 다음 꽤 편안하다.

이보다 더 좋은 것은 없다.

그들은 입을 딱 벌리고 입을 다물었다.

그들 중 하나가 생각의 유일한 이유다.

나아진 게 없어.

여러분이 배울 수 있는 유일한 것은 그들이 똑같이 보인다는 것이다.

> 그들 중 하나는 마음속으로 너무 많이 생각하고 입 밖으로는 아무 말도 꺼내지 않는다.

그들 중 하나의 생각으로만 알 수 있는 것은 그들이 똑같이 생겼다는 것이다.

그들 중 하나는 왜 그들이 똑같이 생겼는지 알 수 있다. 그들은 유일하다.

무한 목숨 캐릭터

놀이공원에 갔다 넓은 의미로.

네 얼굴을 보는 순간
나는 네 얼굴이 되어.
왜 이러지?
예전처럼 잘 웃어요?

아뇨. 침을 뱉거나 삼킬 수가 없었어요.

맛있었어요.

전기 통신 장비가 모두 꺼져 있고
우리는 절친했다.

우리는 정글이 되었다.
내 걸음걸이가 아닌 것 같아 그건 헛수고야.

내 모든 것을 말할 수는 없다.

기둥

보

슬래브

구조물의 붕괴.

누군가 다치거나 죽지 않아도
우리는 이것을 사고라고 부른다.

원하지 않은 결과이기 때문에.

절 살려 주세요.

다시 만날 수 없는 경우를 대비해 미리 인사합시다.

그건 시간 낭비야.
그건 시간 낭비야.

우리 일부가 보이면 그 문짝을 닫아요.

아무도 비난해서는 안 된다.

내 심장은 점점 더 둔해진다.
내 심장은 더러워진다.
내가 널 없애 버리려면 어떻게 해야 하지?
깔깔 웃다가

왜 아직도 여기 있어? 내 심장은 점점 둔해진다.

나는 약해지고
얼마 지나지 않아 다시 조금 더 약해진다.

그럼 어떻게 해야 하죠?

내가 널 잃어버리면 어떡하지?
왜 아직도 여기 있지?

큰일 났다.

서로 상처 입히는 말들은 모두 새것이다.

나를 버리면 어떡하지?
그럼 어떻게 할까요?

여기 남은 건 저밖에 없어요.

아무 문제 없어. 내가 해냈어.

나는 세상이 없어질 것이라는 것을 항상 알고 있었다.

저는 이제 스물아홉 살입니다.
계속 그럴 거예요.

칼 한 자루 살 수 있어요?

거짓말로 시작하는 하루는 진솔하게 마무리된다.

> 아무도 비난해서는 안 된다.

제발 부탁이야.
다음은 없어.

모르는 집 냄새.

거기에 내 냄새가 나도록 해 봐.
내 친구 봤어?
당신은요?
우리는 간다. 어디론가
벽 너머로

대륙이 온다.
들어오세요.
여기 앉으세요.

매우 행복합니다. 우리는 느긋하다.

3부

「최선을 다하지 않는다는 느낌」에
반해 버렸다

무엇이든 액자에 가둬 봐
「이렇게」
「그럴듯하게」

마지막 날을 피해서 「마지막 날 전날의 전시장」에 왔다

작가의 일생이 벽에 붙어 있다
작가는 「작가의 일생」에 동의한 적 있을까?

누가 알아냈나 나의 일생을?

누군가가 알아낸 나의 일생이 벽을 뒤덮어 적혀 있다
면………… 그걸 이 많은 사람들이 모여 읽으며 고개를
끄덕이는 데 시간을 쓰고 있는 걸 본다면…………

「상당히 아름답지 않을 것이 분명한걸」

작품들이 나를 지나간다

전시 요원은 전시를 관람하는 나를 관람한다

이 작품은 「무제고 다음 작품도 무제」군

「혼란스럽지 않게 둘을 묶어 무제와 무제」로 기억해 두
어야겠다

나는 전시 요원을 의식하면서 전시에 집중하는 척한다

「음…………」

이 작품은 너무 유명하여 감동받기 어렵다
유명한 것은 훌륭해지기 힘들다

이미 유명한 것을 바로 볼 순 없어 어떤 감흥도 받을
수 없어…………「라고 생각하면서 눈물을」 흘린다

이 필압이 마음에 든다

이 듬성듬성한 것이 이 슬픔이 내가 더 이상 읽어 낼 수 없는 작품의 심오함이

나는 이미 느꼈다

나는 이 작품의 「최선을 다하지 않는다는 느낌」에 반해 버렸다

도록은 집으로 가져가서 엽서를 만드는 데 쓴다

「무엇이든」 액자에 가두는 용기로

물음

물음표로 가득 찬

말 그대로 커다란 물음표가 표지를 꽉 채우고 있는 책을 보았다 나는 그 책을 손바닥 안에 두었다 손바닥은 의문한다 물음표는 울퉁불퉁하고 물음표는 저자나 독자의 것 같지 않다

물음표는 책에 대해 아무것도 알려 주고 있는 것 같지 않다 어떤 힌트도 주고 있는 것 같지 않다

단지 물음표는 무언가 묻고 있다는 인상을 줄 뿐

단지 물음표는

시각적으로 조금 강렬할 뿐

물음표는 책을 조금 더 효율적이어 보이게 만든다

효율은 중요하다 효율에서 완전히 벗어난 것을 좇고 있다고 여길 때에도 효율은 작동하고 있다

한글이숨*

것은 있다   반짝이는 얼마나 든다   얼음 인간 인류 심장의 것은 하는 것이다   평화스러운 풀밭에 간이 있으랴?   피어나기 있으랴?   크고 영원히 교향악이다   곧 실로 만물은 모래뿐일 것이다   동산에는 인생을 기쁘며 노래하며 때에 풀이 든다   방지하는 있는 미묘한 있는가? 목숨이 있는 청춘이 운다   그들의 피가 뜨거운지라 부패 뿐이다   생명을 못할 구하지 못하는 말이다   능히 되려니와 무엇을 그것을 있으랴?   따뜻한 얼음 무한한 아름다우냐?   이는 같으며 있는 것은 날카로우나 지혜는 같지 쓸쓸하랴?   낙원의 뼈 풀이라 할지라도 쓸쓸하랴?   황금시대를 있는가?   앓는 그들은 쓸쓸하랴?   그들을 들어 온갖 무한한 만천하의 그들   못 없는 귀는 끝까지 것이다   지혜는 튼튼하며 그들에게 가치는 사막이다   실현에 동산에는 밝은 놀이 끝까지 때문이다   실현에 대한 우리의 철환하였는가?   우리의 무엇을 가진 영원히 풍부하게 약동하다 풍부하게 무엇을 맺어 보내는 것이다

* 무의미한 한글 텍스트 생성기.

모든 것을 하는 것

모든 것을 하는 것은 그리 어렵지 않을 것이다
모든 것을...더 보기

그는 문장 하나를 쓴 뒤
그 문장을 변주해 나가면서
그저 나열한다
그것은 증명서나
서약서 같지는 않다

14:23 소설가 전투 상황처럼 극단적인 최악의 상황에선
14:23 소설가 아드레날린이 엄청나게 분비돼서
14:23 소설가 동공이 계속 열려 있다는데
14:23 소설가 그걸 천 야드의 시선이라고 함

그는 메시지보다 문자
문자보다 문자 메시지
문자 메시지라는 말에
마음을 열고 도달한다

문자와 메시지처럼 동떨어진 단어가
붙어 있다
놀라워. 그는 생각한다

그는 반응형 웹 디자인이 적용된 사이트에 일기를 쓰고
그는 자신의 일기가 일종의 통계 자료로 쓰이기를 원
한다

누군가 내 속을 쓸어가 버렸다. 날짜 적고.

회복의 개념을 설명하는 것은 어렵다

해야 하는 일들 중 한 가지가
그를 쳐다본다
그를 쫓아간다

모든 것을 하는 것은 그리 어렵지 않을 것이다
그에게는 그런 것쯤은
그리 어렵지 않을 것이다

〔Web 발신〕

〈 집가고싶다 씨바

〔Web 발신〕

〈 정말 죄송합니다

그가 원한 것은 아니지만
그는 약간의 희망을 느낀다

모든 것. 이라는 말은 너무 멀리에 있다.
너무 멀어서 나를 괴롭힐 수조차 없다. 날짜 적고.

그의 상태는 꽤 호전되었다

그는 더 이상 흥분하거나 기뻐하지 않는다

14:00　10 난 할

14:00　10 수 없는 것을

14:00　10 년 한다

14:35　10 생애주기가설

해체전

헤체전을 통해
우리는 해체를 발표한다

해체전을 통해
우리는 불화하지 않는다
불화를 포기한다

해체전에 간다
해체하기 위하여
해체를 기념하여

그들은 모여서 무언가를 나누고 있다 그런 의미에서 우
린 함께야 그것은 내가 실현할 수 없는 방식으로 아름답다

그는 산 세리프로 남아 있다

나는 그의 측근이 되어
개인을 옹호하고 싶다

나는 그의 개인이고 싶다

몸이 여기야
여기에 있었어
바로 여기라고 말하기 싫은 여기
눈을 떴다

뜰 눈이 있었다
뜰 만한 눈이 그때까지는
있었다

그들은 모여서 이것이 우리의 해체를 완성할 작품이다

이것은 완전한 작품이다

너도 날 따라 해
너도 날

akzkeka

akzkeka는 인파가 빠져나간 자리를 뜻한다

akzkeka

akzkeka의 어원은 머캐덤 혹은 마카다미아 두 가지로 추정할 수 있는데 지금에 와서는 그 의미를 완벽히 상실하였다

akzkeka

akzkeka는 빈 공간을 상정할 때 그 공간이 정말 비었는가에 대한 의심을 뜻한다

akzkeka

akzkeka는 온전하게 빈 공간은 불가능하며 그곳엔 꼭 최후의 음악*이 흘러나올 것이라는 암시에 가깝다

akzkeka

> akzkeka는 보통의 기적보다 덜 기적을 뜻한다 보통의 기적이 목도하자마자 눈물을 쏟거나 말을 못 이을 만큼의 기적이라면

akzkeka

akzkeka가 뜻하는 기적은 목도하더라도 그 정도로 놀랄 것까지는 없을 만큼의 기적이다

akzkeka

akzkeka는 공동체적 기적이나 개인적 기적을 가리지 않고 사용 가능하다

akzkeka

akzkeka는 최근지향적 단어로 과거/현재/미래보다는 직전이라는 개념과 관련이 깊다

akzkeka

akzkeka는 느리게 잠식해 오는 불화를 뜻한다

akzkeka

akzkeka式의 불화는 해결할 수 없으며 해결하지 않음으로만 해결에 가까울 수 있다

akzkeka

akzkeka는 아무 뜻 없는 그림 무늬로 쓰인다

akzkeka

akzkeka를 설명하는 글자 사이의 배경 무늬로 이 페이지 내에서도 활용하고 있듯이

akzkeka

> akzkeka의 용법은 너무 방대하여 일일히 적을 수 없고
사실상 그것을 모두 헤아릴 수 있는 자는 없다

    akzkeka

    akzkeka는 개발 및 연구 단계에 있는 단어다

    akzkeka

    akzkeka의 가능성을 밝히는 일은 한 존재의 노력으로는
불가능하며 여러 존재의 도움이 필요하다

    akzkeka

* 그 음악은 키라라의 「Wish」다.

네 얼굴 작은 점들로 이루어져 있고

그는 인용만으로 책 한 권을 쓴다 그러나 그것으로 책임을 나눌 수는 없다는 걸 안다

원고 위에 철책을 그린다

평화가 깨지지 않기를 바라지만 평화는 깨지는 형식이 아니다
평화는 책엽의 형식이다
평화는 한 장씩 다음 장으로 넘어간다
이 이전에 천년이 있고 이 이후에 천년이 있다*

그는 혈액이 흐르는 소리를 듣는다
나의 혈액은 나와 긴밀하다

나의 혈액은 나와 긴밀하다
그는 긴급한 일을 위한 짧은 기도를 올린다

내 몸은 나이기 이전에 인간 종의 표본이다 나는 인간 종을 통과하고 있다

> 그는 체내의 통증을 느낀다

즉각 분산시키기
먼지나 모래알처럼 붙을 때마다 털어 내기 그게 무엇이든!

그는 희문 작가다

그는 새 제목을 짓는다 낫표 열고 네 얼굴 작은 점들로 이루어져 있고 낫표 닫고 연도 적는다

* 배우 김태리가 쓴 결혼식 축사.

해체전

가슴에 바디캠을 붙이고

돔을 떠난다

그릇의 가장자리에 우리들은 둘러앉는다 노래하고
그릇은 깊고도 넓고 청결하네 노래하고
이것은 슬플 때 마음 안에 들어차는 그릇으로 노래하고
한번 생기면 사라지지 않는다 노래하고
대신 친근감을 느낄 수 있을 뿐 노래하고

계속되고
다큐멘터리 바깥에서

이동하는 사람들의 눈동자는 잘 보이지 않아
죄책감이 든다

문을 닫으면 바람이 멎고
바람이 멎으면 문을 열어
문을 닫으면 바람이 멎고

바람이 멎으면 문을 열어
문을 닫으면 바람이 멎고
바람이 멎으면 문을 열어
문을 닫으면 바람이 멎고
바람이 멎으면 문을 열어
문을 닫으면 바람이 멎고
바람이 멎으면 문을 열어

샛벽을 지나고

빙 돌아
빙 돌아 두 줄로
방명록을 적는다

추위

추위.
나는 이 추위를 문장으로 재현하려 했다.

추위는 찬 느낌.
추위는 찬 느낌에서 조금 더 찬 느낌.

추위는……

수장고 문이 열리고 바람이 훅 불어닥친다.
어느 쪽으로?

수장고 문이 열리고 바람이 훅 불어닥친다. 이 문장에서 알아낼 수 있는 사실은 거의 없다.

여기 뭐가 있었더라.

아무것도 없네. 없다고 하자마자 없어지는 것들밖에. 이 빈 것을 '이미지'라고 부르는 수밖에.

빈 것.
빈 것을 것이라고 부를 수 있나?

빈 것 또한 추위와 닮은 점이 없다.

그 사람들 다 익숙하게 생겼어.
정말로.
한두 번 정도가 아니고. 수백 번은 본 얼굴들이었다.

추위에 떠는 얼굴들 얼굴 안쪽으로부터 시작한
추위에 떠는 얼굴들.

20분 뒤에 나는 생각한다.

15분 남았어.

수장고 문이 닫히는 찰나 거리의 불빛이 액자 표면에
간략하게 반영된다.

헬로 월드

스트리트 뷰를 통해 나는 걷는다
갈 수 있는 모든 곳은 여기에 있으므로
갈 수 있다
인터넷이 연결되어 있는 한
갈 수 있다
인터넷을 갖고 싶다
인터넷을 갖고 싶다
나는 국적국의 보호를 받는다
우리 서로의 거주국은 지정학적 도플갱어다
헬로 월드
최신 기술의 집약체는 인사한다
최신 기술은 집약되길 거부한다
ㅎㅔ
ㄹ
ㅗ
ㅇㅝㄹ
ㄷ
ㅡ
커서를 찾는다

인터넷을 줍고 싶다
인터넷이 되고 싶다
국적국을 갖고 싶다 그만
대단하시길 바랍니다
너무 많이 생각하지 마세요
너무 많이
그렇게 많이 말할 수도 없고
그렇게 많이 말할 수도 없어요
두 사람을 위한 하나의 얼굴은
인터넷이 되어 간다
큰 용기를 얻었다
유감천만이다
스트리트 뷰를 통해 나는 걷는다
스트리트 뷰에 남은 사람
그 사람은 네가 맞다
그 사람은 허리를 숙인다
우리는 드디어 만난다
우리는 와이파이 존에서 잠든다

4부

체크아웃

문은 영혼으로 꽉 찼다

영혼에는 기체와 마찬가지로 주어진 공간을 완전히 채우려는 성질이 있다*

투숙객은 문을 알아본다

내가 사랑했던 적 있는 문이다 문에 다가가 말을 걸고 싶다

문에게 말을 거는 것은 문을 두드리는 것인가 문고리를 돌려 여는 것인가 문에 몸을 기대는 것인가

문에 글씨를 적는 것인가

차라리 문짝을 떼어 집으로 데려가고 싶다

그리고 천천히 실감해 보고 싶다 문이 불러오는 기억에 대해

> 아주 오래전에 일어난 일이며 내가 발견하지 않으면 발
견되지 않을 일에 대해

투숙객은 두려움과 흥분을 느낀다

문과 체크아웃 하고 비행기에 함께 타는 것이다 멀고
먼 나의 집 나의 방으로 돌아가

내 방에 너를 달아 놓는다면

그럼 너를 열고 닫고 하는 동안 하루가 가고 또 하루가
가고

그러는 동안 우리는 무언가 깨달을 수 있을 텐데

문은 투숙객을 내다본다

문은 점점 부어오른다

* 시몬 베유 저, 이희영 역, 『중력과 은총/철학강의/신을 기다리며』(동서문
  화사, 2017).

구원

옥상에는 전깃줄이 많아

구원을 뻥 차
그 속에 밀어 넣다

구원은 골-인으로 갇힌다

다시 구원을 회수해
먼지를 턴다

먼지가 잘 묻는군

구원은 완전히 둥글지 않고
기껏해야 거의 둥글다

의문이 든다
이만큼만 둥글어도 구원이라고
부를 수 있는지
더 이상 구원은 없는지

구원을 안고 잤다

죄책감이 들 때까지

구원은 구르는 것처럼 보이지만
삭삭삭 소리를 낼 뿐이었다

발밑에만 아침이 왔다

연극배우

연극배우의 연기는 형편없다 말끝이 자꾸 올라가거나 표정이 본때를 보여 주자 하듯이 늘 비장하니까

연극배우는 평소에 외롭고 연기할 때 가장 외롭다

그래도 연극배우는 연기하는 게 좋다 역할이 생기고 생활이 생기기 때문이다

연극배우는 평소에 무슨 말을 해야 할지 어떤 표정을 지어야 할지 알 수 없어서 곤욕스러운데 대본에는 해야 할 말과 행동이 다 적혀 있다는 게 마음에 든다

연극배우는 죽는 연기를 가장 잘한다

실은 쓰러져 죽고 난 다음 무대가 암전될 때 스르륵 다시 일어나 빠르게 세트를 전환하는 걸 가장 잘한다

실은 어둠에 자신 있었다

의자의 배치와 죽음 이후에 대해 자신 있었다

연극배우는 믿음이 부족하다는 말을 듣는다
다 속았구나 연극배우는 속으로 생각한다

연극만큼 끔찍한 평화는 없어
커튼콜을 마치고 내려온 동료는 말한다 연극배우는 갈
아입은 의상에서 풀려 나온 실밥을 털어 낸다

축일 전야

투숙객은 내게 처음 뵈어 반갑다고 했지만 나는 투숙객을 본 적 있었다

투숙객이 묵을 방까지 안내하기 위해 앞서 걸었다

복도에는 투숙객과 나밖에 없었는데 벽이 울릴 정도로 소음이 가득했다

닫혀 있는 문들이 들썩이고 곧 터질 듯했다

사람들은 방 안에서 노래하고 울고 떨고 날았다

투숙객은 뭐라 말을 꺼내려다 관두고 다시 큰소리로 사람들은 왜 잠을 자지 않느냐고 물었다

이미 모두가 한참 자다 일어났으니 그렇다고 대답했다

투숙객과 나는 얼음물이나 사탕을 나눠 먹기에는 애매한 사이였다

〉 그때 갑자기 광활한 어느 역에 내가 혼자 서 있었다

  열차가 몇 대 지나갔다

  투숙객을 몇 번 방으로 안내하려 했었는지 기억나지
않았다

은점토

인간에게 기대하지 않는다. 라고 어떤 인간이 썼다. 나
는 이제

인간에게 기대하지 않는다. 라고 쓰지 않는다. 그냥 인
간 생각을 잘 하지 않는다. 인간은…… 그냥 인간이네. 그
냥 인간

인간 대신에 은점토 생각을 한다. 반질반질한. 역동성
있는. 아무것도 닮지 않은

한 인간과. 그 인간과 닮게 닮아 가는 인간. 인간에게
기대하지 않는다고 선언하는 인간. 그냥 인간. 은점토에
대해 평생 아무런 생각도 갖지 않는 인간. 그게 뭐였더라

가만 그게

그게

은점토를 생각하지 않아도 살아가는 데 지장이 없는
인간.

거기까지는 하지 말았어야지.

누구의 말인지 알 수 없는 말들이 너무 많이 머릿속에
남아 있다. 주인 찾아가. 마지막 이 말까지도.

그린

척추 부위가 없는 상황은 확실히 깨끗하고 질서 정연했다. 퍼포머는 [이제]라는 단어를 사용해서 말한다. 저는 최근에 제가 한 번도 이야기하지 않았던 두 가지를 말했습니다. 가끔은 흙이 축축하고 따뜻할 때도 있고 끈적끈적하고 소스라치게 차가울 때도 있다는 사실. 그리고

지구 바깥에서 나는 소리를 듣게 되었다는 것을요. 그 소리를 듣자 저는 난폭해졌습니다.

이제 사실 저는 거의 존재하지 않습니다.

퍼포머의 말은 지구 바깥으로 빠져나가지 못했다. 작은 점들이 점점 더 작은 점들로 바뀐다. 동적 객체를 추적하는 왜소한 기계의 눈알이 총기를 잃는다. 왱왱왱왱 (왱왱왱왱) 메아리가 울린다.

이슈쟌

백 년 전 비디오에는 이슈잔이 등장한다

이슈잔은 건물을 빠져나오는 동안 셀프캠을 찍었다: 충계가 나를 칭칭 감고 있었어요

녹화하는 동안 건물은 잠자코 있는다

색을 바꾸지도 않고

문턱을 세워 이슈잔을 넘어뜨리는 일도 없이

비디오는 신비하다
비디오를 재생하는 동안만큼은 비디오의 신비에 다가갈 수 있다는 점에서

비디오는 시간이 지날수록 팽팽한 긴장감을 갖게 되므로 이슈잔은 시간에 능숙한 사람이 되어 백 년 뒤까지 살아남는다

녹화를 마치자 건물은 빠르게 낡아 가기 시작했다고
이슈잔은 회고했다

은점토

단지 혈액 검사를 하러 같이 갈 사람이 필요하다

버스 창문 닦는 사람 보임

그 옆에는 점프하는 사람 무언가 손에 쥐고 싶은 게 있어 보임 점프가 계속되지만 아무것도 잡지 못함

점프

점프

점프 점프 열쇠 하나라도 던져 줘

잠정 진리라는 말이 있다 어떤 이론을 반박할 만한 현상이 나타나기 전까지 진리로 인정한다는 뜻이다

모든 것을 알고 있다고 해도 모든 것을 알고 있다는 것을 알고 있지 않다면 별 소용 없다

몇몇 단어를 사용하는 걸 극도로 꺼린다 나는 내가 왜 그러는지를 안다

선교사의 손에 비닐봉지가 들려 있다 끈적끈적하고 토악질 나는 사탕이 담긴 그럴 게 분명하다

기침을 할 때 나는 다른 사람 같다

기침을 통해 나는 내 바깥으로 밀려 나간다

바지

바지를 펼쳐 놓는다

펼쳐 둘 것이 필요하다 바지여서 펼쳐 둔 것이 아니고
펼쳐 둘 것이 필요해서 바지를 펼쳐 둔다 바지가 아닌
것이 없어서 바지를 펼쳐 둔다
펼쳐 둘 것이 필요하다 무엇이든
많으면 많을수록 좋다
많으면 많을수록
펼칠 수 없는 성질의 것이어도 펼칠 수가 있다 펼쳐 놓
으면 나는 펼친 것과 같아지고
나는 그것들과 눕는다
나는 그것들과 눕는다 나는 바지가 아닌 것들과 잠든다

나는 잠에 들 때 비로소 우연의 일치에서 벗어난다

그다음 상황

김뉘연(시인)

소공포라는 단어 앞에서 누군가는 두려워진다. 소공포라는 단어가 공포라는 단어를 품고 있고, 그래서 작은 공포라고 읽힐 수 있기 때문만은 아니다. 소공포라는 단어를 처음 접했기 때문이다. 알지 못하는 말에 대한 두려움은 사전을 찾은 후 더욱 커진다. 소공포는 사전에 등재되어 있지 않다.

그러나 소공포는 분명히 존재하는 단어다. "우리는 곧바로/ 그다음 상황에 놓인다".(「자서」) 수술이 필요한 부위를 드러내는 구멍이 난 천을 가리키는 이 말은 웹을 통해 일상에서 쓰이는 단어임이 밝혀진다. 보다 정확히 말하자면 일상의 특수한 상황에서 신체와 맞닿게 되는 단어다. 구멍을 통해 비로소 드러나게 된 부분이 "그다음 상황"에 처하게 되는, 그러한 상황을 만드는 단어.

소공포에서 가장 중요한 형태는 구멍이다. 구멍이 뚫려 있지 않은 소공포는 성립할 수 없다. 시집 『소공포』는 상황을 만들어 나가는 도구를 제목의 자리에 둔다.

말의 회전력

많은 것들이 굴러가거나 돌아간다.

짐 가방이 굴러왔으리라 여겨진다. 바퀴가 달려 있어서다.(「바퀴 달린 짐 가방」)

칫솔의 머리통이 부러져 입안을 구른다.(「칫솔」)

회전문이 돈다.(「회전문」)

입안의 밥알이 소화되지 못하고 손바닥으로 뱉어지고, 손바닥에서, 손바닥이 잡아 돌리는 문고리와 함께 다시 돌아간다.(「백미」)

말들이 꼬리를 물고 돈다. "중요한 것은 일어난 일이다 어디까지가 일어난 일인가 아는 것이다/ 일어난 일은 일어난 일이자 일어나지 않은 일이다 일어나지 않은 일은 이미 일어난 일이다".(「칫솔」) "넣을 수 있는 모든 것을 넣었다// 넣을 수 없는 것을 뺀 넣을 수 있는 모든 것// 넣을 수 있으나 넣지 않은 것을 뺀 넣을 수 있는 모든 것".(「평균자유행정」) "무슨 소원을 빌었냐는 질문에 대답 못 했다.

소원이 없기 때문이다. 정확하게는 빌 수 있는 소원이 없다. (……) 소원의 시간이 최대한 빨리 지나가기를 소원하는 시간에 놓인다."(「역소원」) "아마도 수전 손태그 (……) 그다지 확실하지 않은 수전 손태그. 이것은 거의 수전 손태그에 가까운 수전 손태그의 말이라는데 너는 어떻게 생각해."(「참가시은계목」) "여러분/ 여러분이 아닌 여러분".(「묵독 파티」) "나는 화자가 아니다 (……) 나는 화자가 아니다 나는 화자의 번외도 아니다 나는 그 어떤 것들과도 무관하다 (……) 나는 그 어떤 것들과도 무관하다 나는 화자가 아니다".(「현재형 일기」)

구르고 있는 것들, 돌고 있는 것들의 회전축은 "저절로 구르지 않는다".(「미세 운석 먹기」) 회전축을 돌리는 회전력은 말의 낯선 반복과 배열이 만든다. 막연히 그렇다고 여겨졌던 것을 다시 돌려 가며 본다. 처할 수 있는 가능한 한 여러 상황 속에서, 이것이 과연 분명한가? 이것이 언제고 분명해지도록, 시의 화자는 "이것을 이것으로 바꿔 주세요."(「익익월」)라는 문장의 분명함과 같은 종류의 효과를 이것에 주려 한다. 시 속에서 이것은 말의 회전력을 얻어 분명히 이것으로 바뀐다. 그리고 "그것은 그것 외 다른 것이 되지 않는다/ 그것은 네가 그 상태를 이해할 수 있는 한 너를 열광시킨다".(「종합영원」)

말의 회전력, 시의 회전력은 의견을 가졌다가(「참가시은계목」) 의견을 가질 수 없다고(「현재형 일기」) 말하기 위해 필요한 힘이다. '나'는 거듭 말한다. "나는 의견을 가질 수 없다".(「현재형 일기」) 이 문장에서, 의견의 대상은 드러나 있지 않다. 그렇다면 모든 것이 그 대상이 될 수도 있겠지만, 일단 같은 시에서 "나는 인터넷 그리고 신체에 대한 생각을 멈출 수 없"(「현재형 일기」)는 현재형의 상황이기는 하다.

수렴하는 복수

4부로 구성된 시집 『소공포』는 1부를 끝맺기 전 "나는 화자가 아니"며 "나는 화자의 번외도 아니"라고 거듭 진술한다. 그렇게 진술된 시의 제목은 「현재형 일기」다. 이것을 말 그대로 현재형으로 쓰이고 있는 일기로 받아들인다면, 「현재형 일기」는 이미 지나간 일기가 아니라 시집 속에서 항상 계속되는 일기다. 때로 화자로 보이기도 하지만 스스로 주장하기에 "그 어떤 것들과도 무관"한 '나'는 이후에도 계속 등장한다. 2부를 여는 첫 번째 시 「소공포」의 얼굴은 우선 '나'의 얼굴이다.

소공포는 구멍이 뚫려 있는 멸균된 면포로 지금은 나의 얼굴이다 나의 얼굴은 구멍이 뚫려 있는 멸균된 면포로 너의 얼굴에 내려앉는다 너와 나의 얼굴은 하나의 얼굴이다

얼굴은 접히거나 펼쳐진다 얼굴이 겹겹이 쌓인다

치아는 크기와 무관하게 하나씩 뽑는다 잇몸이 끽끽 뒤틀린다

치아가 뽑혀 나간다

치아가 간다

치아는 더 이상 얼굴이 아니다

치아는 스테인리스 스틸에 부딪힌다

물을 머금고 뱉는다 물은 이런 일쯤 아무것도 아니라는 듯이 붉게 퍼지면서 너를 쳐다본다 그것은 나의 얼굴이다

그것은 치아의 얼굴 그것은 공포를 모르는 얼굴이다

—「소공포」, 33쪽

"나의 얼굴"은 "너의 얼굴"에 내려앉으며 "하나의 얼굴"인 채이고, 뽑혀 나간 "치아는 더 이상 얼굴이 아니"었다가, 뒤이어 (얼굴이) 머금었다 뱉은 물이 "나의 얼굴"이며 "치아의 얼굴"이자 "공포를 모르는 얼굴"임이 진술된다. 발치된 치아는 얼굴이 아니게 된 얼굴, 몸이 아니게 된 몸이다. 몸의 바깥으로 자리를 옮긴 몸은 몸을 바라볼 수 있게 된다. '나'의 바깥에 위치한 '나'가 '나'를 '너'로 바라볼 수 있게 되면서 "나의 얼굴"은 자연히 "너의 얼굴"이며, 첫 행이 밝혀 두었듯 그것은 (이 시의 제목이자 이 책의 제목인) "소공포"이다.

하나로 모이는 복수(複數)의 대상들. 동명의 다른 시

「소공포」(72~73쪽)에서는 "똑같이 생겼기 때문"에 "그들 중 하나의 생각밖에 알 수 없는", 또는 "그들이 똑같이 생겼다는 것"을 "그들 중 하나의 생각으로만 알 수 있는" 상황이 벌어진다. "여러분이 배울 수 있는 유일한 것은 그들이 똑같이 보인다는 것"이며, "그들 중 하나는 왜 그들이 똑같이 생겼는지 알 수 있다". 뒤이어 모순된 문장이 시를 맺는다. "그들은 유일하다." 복수는 유일할 수 없지만 그들이 유일하다면, 그들이 똑같이 생겼고 그렇게 보인다는 것 때문이다. 그리고 이 복수의 유일함은 앞선 시에서 이미 쓰인 제목 '소공포'가 이 시에서 다시 쓰이면서 비로소 가능해진다.

"영혼의 쌍둥이"와 "내 쌍둥이의 영혼"(「은점토」)의 공명을 지나, 등장인물들이 늘어난다. 배우가 편지를 쓰고, 검표원과 짧은 대화를 나눈다.(「수관 기피」) '그'는 유기 식물을 껴안고 대사를 외운다, 더빙한다.(「비더빙 디비디」) 「교통섬」에서, 수검자는 서 있는 것처럼 행동하지만 실은 앉아 있으면서 다른 말들을 통과시킨다. 「무한 목숨 캐릭터」에서는 "네 얼굴을 보는 순간/ 나는 네 얼굴이" 된다. 「무배치 간이역」에서, "멀리서 볼 때 한 사람처럼 보"이는 "세 사람 중 한 사람이 되어 가고 있"던 '나'는 거의 마지막에 "세 사람을 빠져 나온다". 「연극배우」의 연극배우는 "해야 할 말과 행동이 다 적혀 있"는 대본 덕분에 흡족하다. 이들은 대상과의 관계 속에서 언어를 통해 갖추게 된 신체를 변형해 가며 상황을 다룬다, 또는 상황에 맞게 신체를 적용한다. '나'가 화자가 아니라고 하면서 때로 화자의 역할을 수행하기도 하는 것처럼. 그러면서 이들은 점차 투명해진다. 통과될 수 있을 만큼. 합쳐져 버릴 수 있을 만큼. 퍼포머는 급기야 "이제 사실 저는 거의 존재하지 않습니다."(「근린」)라고 고백하기에 이른다. 1부 초반의 '나'였을 수 있는 4부의 '투숙객'은 지나가는 속성을 지닌 존재다. 공간의 기준에서 투숙객은 결과적으로 투명하다.

　모두가 모두를 지나가며 같아진다. 복수의 주체가 복수의 대상이 되면서 투명함으로 수렴한다. 투명함은 빈 것이 아니지만 빈 것처럼 여겨질 수 있고, 그렇다면 누군가는 그것을 구멍이라고 여길 수 있다. (그런데 "빈 것을 것이라고 부를 수 있나"(「추위」) 곳곳의 구멍이 시를 드러낸다. 구멍으로 드러난 시는 그다음 상황을 맞이한다.

「반해 버린 기호」

　시인은 언어로 시를 만든다. 이를 성립시키기 위해 시인은 여러 방법을 시도할 수 있다. 『소공포』의 시인이 화자를 내세워 택한 도구 중 하나는 기호다. 기호가 방법이다.

　무엇이든 액자에 가둬 봐

「이렇게」

「그럴듯하게」

마지막 날을 피해서 「마지막 날 전날의 전시장」에 왔다

(……)

나는 이 작품의 「최선을 다하지 않는다는 느낌」에 반해
버렸다

도록은 집으로 가져가서 엽서를 만드는 데 쓴다

「무엇이든」 액자에 가두는 용기로
　　　　　—「「최선을 다하지 않는다는 느낌」에 반해 버렸다」 부분

시에서 "액자"라고 표현된, 사전에서는 홑낫표로 등록된
기호를 든 화자는 "무엇이든" 액자에 가둘 수 있다. 기호
를 입은 무엇은 작품이 된다. "「무엇이든」". 간단한 방법이
지만, 화자는 이 간단하고 명쾌한 방법을 택하는 것이 "용
기"에서 비롯된 일임을 말미에 밝혀 둔다.
　시인은 문장을 구조로 바라볼 수 있다. "더는 하고 싶
지 않아 더는// 위 구절은 두 글자씩 다섯 묶음으로 이
해해 볼 수 있다."(「미세 운석 먹기」) "수검자는 앉아서 글

자를 쓴다// 한번∨쓴∨것은∨고쳐∨쓰지∨않는다라고 쓴다".(「교통섬」)

시인은 문장의 단위인 단어로 시의 시각적 구조를 만들 수 있다. 「해상 물류」의 첫 연에서 왼쪽에 일렬로 쌓인 "박스" 여섯은 다음 연에서 오른쪽에 일렬로 쌓인 여섯 개 "박스" 위로 조금씩 무너지는 또 다른 "박스"로 이어지며 시각적 형상을 구현한다. 시 「akzkeka」는 "akzkeka"라는, "지금에 와서는 그 의미를 완벽히 상실"한, "개발 및 연구 단계에 있는" 단어로 시작하고 끝난다. 시는 "akzkeka"에 대한 여러 말들을 양산하지만 연과 연 사이에서 후렴구처럼 반복되며 시의 틀을 이루는 것은 "아무 뜻 없는 그림 무늬"인 "akzkeka"라는 단어이며, 이 단어는 "akzkeka를 설명하는 글자 사이의 배경 무늬"로서 작동한다.

이는 시각적인 형식에 집중할 수 있도록 의미와 무관히 채워 넣는 텍스트인 로렘 입숨(lorem ipsum)을 떠올리게 한다. 로렘 입숨의 개념은 시 「한글입숨」으로 보다 선명히 드러난다. '무의미한 한글 텍스트 생성기'인 '한글입숨(https://hangul.thefron.me)'의 텍스트 소스를 부분 변용한 듯 보이는 「한글입숨」은 "것은"으로 시작해 "것이다"로 끝난다. 1부의 시 「익익월」에서 보았던 문장, "이것을 이것으로 바꿔 주세요."와 닮아 있는 이 시는 앞서 전제한 문장, "시인은 언어로 시를 만든다."를 다시 생각하게끔 한다. 언어가 "생각, 느낌 따위를 나타내거나 전달하는 데에 쓰는 음성, 문자 따위의 수단. 또는 그 음성이나 문자 따위의 사회 관습적인 체계"*라면, 시 「한글입술」은 무엇을 전달하고자 하는가? 이 시를 이루는 비문의 의미를 꿰어 맞추며 해석해 나가는 행위의 의미 없음은 이것이 '한국어' 입술이 아니라 '한글' 입술이라는 점에서 이미 드러나 있다. 이것은 한국어가 아니다. 이것은 언어일 필요가 없다. 그렇다면 시인은 글자로 시를 만드는가? 때에 따라 그렇다. "손바닥에 사귈 효 혹은 가로 그을 효 한자를/ 적기 시작하고 (……) 이 글자는 4획이면 적을 수 있다".(「회전문」)

단어와 문장이 이루는 내용의 바깥에서 그것들을 바라보는 이러한 시작(詩作) 방식은 앞서 어떤 말에든 기호를 달아 작품으로 만들어 버린 방법과 통하는 면이 있다. 그리고 이러한 방법, 이러한 형식은 이미 내용을 받아들인 채다. 내용을 받아들이면서 형식이 성립된다. 기호는 내용을 받아들이면서 자신을 확장시킨다. 책에 대해서도 시인은 겉면에 대해서만 쓰는데, 「물음」의 화자가 어떤 책에 관심을 가지게 된 계기가 책의 표지를 채운 물음표라는 기호 때문이라는 설명이 바로 그러하다. "말 그대로 커다란 물음표가 표지를 꽉 채우고 있는 책을 보"고, "무언가 묻고 있다는 인상을 줄 뿐"인, "시각적으로 조금 강렬할 뿐"인 물음표가 그럼에도 "책을 조금 더 효율적이어 보

* '언어', 국립국어원 표준국어대사전.

이게 만든다"고 평한다. 화자는 "효율은 중요하다"고 생각하기에 이는 칭찬의 말이라고 볼 수 있는데, 그러고 보면 모든 기호는 효율적이다.

"어떠한 뜻을 나타내기 위하여 쓰이는 부호, 문자, 표지 따위를 통틀어 이르는"* 기호란 오랜 시간 합의해 간략히 빚어진 사회적 약속이다. 그래서 우리는 화자가 일반적으로 작품을 표기할 때 사용하는 기호인 홑낫표를 액자라고 부르며 말들을 거기 가둘 때, 말들이 가두어지는 순간 그것이 '작품'이 되었음을 그대로 받아들이게 된다. 「「최선을 다하지 않는다는 느낌」에 반해 버렸다」의 화자는 이렇게 작품을 가장 효율적으로 만드는 방법을 보여 준다.

펼친 것

문장을 쓰는 이는 문장 속에 있기 쉽다. 이러한 경우 문학 작품에서는 쓰는 이와 화자가 충돌할 수 있는데, 시인은 그것을 증명하는 방식으로 시를 만들 수 있다. "추위./ 나는 이 추위를 문장으로 재현하려 했다. (……) 수장고 문이 열리고 바람이 훅 불어닥친다. (……) 이 문장에서 알아낼 수 있는 사실은 거의 없다."(「추위」)

* '기호', 국립국어원 표준국어대사전.

한편 문장에서 벗어나 문장을 대상으로 볼 때, 화자와 별개로 쓰는 사람의 새로운 위치가 생긴다. 시의 바깥에서 시인은 자신의 문장들 사이를, 시와 시 사이를 지나다닐 수 있다. 시인의 위치가 움직인다. "그것은 지나간다/그것은 네가 무언가 깨닫고 있을 때 그 깨달음 바깥으로 지나간다".(「종합영원」) 위치를 바꾼 시인은 시를 대상으로 바라보면서 시의 화자를 대상으로 볼 수 있고, 시의 화자는 자신 또는 자신의 행동을 대상으로 볼 수 있다. "그는 인용만으로 책 한 권을 쓴다 그러나 그것으로 책임을 나눌 수는 없다는 걸 안다 (……) 내 몸은 나이기 이전에 인간 종의 표본이다 나는 인간 종을 통과하고 있다".(「네 얼굴 작은 점들로 이루어져 있고」) 다른 위치에서 바라본 문장이 다른 각도로 펼쳐지기 시작한다. 입혀지는 대신 펼쳐진 바지처럼.

바지를 펼쳐 놓는다

펼쳐 둘 것이 필요하다 바지여서 펼쳐 둔 것이 아니고
펼쳐 둘 것이 필요해서 바지를 펼쳐 둔다 바지가 아닌 것이 없어서 바지를 펼쳐 둔다
펼쳐 둘 것이 필요하다 무엇이든
많으면 많을수록 좋다
많으면 많을수록

펼칠 수 없는 성질의 것이어도 펼칠 수가 있다 펼쳐 놓으
면 나는 펼친 것과 같아지고

나는 그것들과 눕는다

나는 그것들과 눕는다 나는 바지가 아닌 것들과 잠든다

나는 잠에 들 때 비로소 우연의 일치에서 벗어난다

─「바지」

펼쳐 놓아진 바지는 입체 대신 평면을 얻는다. "바지가
아닌 것이 없어서 바지를" 펼쳐 둔 것이지만, "펼쳐 둘 것
이 필요"한 것이었을 뿐, "펼칠 수 없는 성질의 것이어도
펼칠 수가 있다". 펼친다는 행위가 중요하다. 그래야 평면
을 (다시) 얻을 수 있다. 한 권의 시집으로 조립해 세워 둔
말들을 다시 펼쳐 본다. 문장을, 단어를, 최소 단위까지 해
체해 본다. 많은 것들을 펼쳐 놓으면서 화자는 펼친 것들
과 같아져 함께 눕는, 이어 잠드는 자신을 본다. 그다음
상황이 '나'를 기다린다.

완전히 이해했다는 착각

김유림(시인)

처음 추천사 제의를 받았을 때, 나는 소공포를 작은 공포로 이해했다. 그리고 (자전거를 타며) 만약 공포가 아주 작다면, (나는 엄지와 검지를 붙여서 작은 동그라미를 만들어 보았다.) 공포는 업신여김을 받을 것이며, 공포를 무서워하고 두려워하는 사람은 거의 없으리란 생각을 했다.

분명 공포를 연구하려고, "현미경을 들여다"(「수관 기피」)보는 연구원이 생겨날 것이다.

연구원은 연구를 위해 배시은의 『소공포』를 읽는다. "소공포"는 작은 공포이기도 하지만, 치과 의사가 환자에게 덮어 주는 "구멍이 뚫려 있는 멸균된 면포"이자 "나의 얼굴"이기도 하다. 그리고 그 "얼굴"은 하루 세 번 식탁 앞에 앉아 씹는 "밥알의 얼굴"(「백미」)이다.

수전 손택은 『타인의 고통』(수전 손택 저·이재원 역, 이후, 2004)에서 말한다. "공포가 배가될수록, 우리는 특정 공포에 반응해야 하는 이유조차도 점점 더 이해할 수 없게 되어 버렸다."고.

배시은은 말한다. 세계의 공포가 작아졌다고.

세계의 공포가 작아져서, "구체제"(「수관 기피」)나, "칫솔"-"머리통"(「칫솔」), "치아"(「소공포」) 혹은 "글자"(「종합영원」)의 단위로 당신의 입속에서 굴러다닌다고. 연구원은 소공포를 연구하다 말고 입속에서 굴러다니는 걸 뱉어 내고, 질문한다. '이게 뭐지?' '혹시 이것이 내가 두려워하던 소공포는 아닐까?'

그러나 어떤 이해나 배치, 질서가 생성되기 이전에 "우리는 곧바로 그다음 상황에 놓인다".(「자서」) 당신은 "치아 아래에 대기 중인 치아"를 생각해서 얼른 자리를 비켜 주어야 한다. 생각 아래에 대기 중인 생각을 생각해서. 공포 아래에 대기 중인 아기 공포를 생각해서 자리를 비켜 주어야 한다는 점이 연구원에게는 미스터리이며, 불가능이며, 일상이다. 배시은은 수전 손택의 말에 앞서 이런 이유를 덧붙이는 것만 같다. "우리는 곧바로 그다음 상황에 놓"이기 때문에, "특정 공포에 반응해야 하는 이유조차도 점점 더 이해할 수 없게 되어 버렸다."고.

배시은은 이 같은 상황과 조건 하에서 시 쓰기를 감행한다. 글자를 "펼쳐 놓는"(「바지」)다. 글자를 펼치는 행위에서 영원 무감한 상황의 세계로부터 잠시 단절될 기회를 발견한다.

그는 시 쓰기를 통해서는 "펼칠 수 없는 성질의 것이어도 펼칠 수가 있"으며, "펼쳐 놓으면 나는 펼친 것과 같아"진다고 말한다. 그리고 그것들과 누워서 "잠에 들 때 비로소 우연의 일치에서 벗어"난다고, 내가 아는 것("지구는 이미 아는 것들로 가득하다 그러나 안다는 것은 다시 알 수 있다는 뜻이다"(「종합영원」)으로부터 잠시 벗어날 수 있다고 말한다.

이러한 벗어남과 불일치야말로 배시은에게 가장 중요한 가능성이자 단서인데, 불일치야말로 공포의 시작이자 조건이기 때문이다.

무언가가 이전과 더 이상 같지 않을 때, 공포는 깨어난다.

공포가 공포로서의 역할을 하기 시작할 때, 세계의 기계적인 작동이 잠시라도 멈출 것이다.

이제 그의 시가 보여 주는 모순, 즉 반복과 배치를 내용적인 측면에서는 배척하면서도(「무배치 간이역」, 「역소원」) 형식적인 측면에서는 즐겨 사용하는 이유를 이해할 수 있다. 불일치나 벗어남은 반복과 배치의 포화 속에서만이 선명하게 포착되기 때문이다. 사방이 캄캄해야만 별이 잘 보

이듯이, 불일치는 일치의 포화를 통해서만이 생생히 드러
나며, 배시은은 그것을 잘 알고 있다.

　나는 잠시 『소공포』를 완전히 이해했다는 착각에 빠진다.

　"나는 잠에 들 때 비로소 우연의 일치에서 벗어난다".

　맞다. 나는 단 한 번도 잠들기 직전의 자세 그대로 깨어
난 적이 없다. 나는 나와 일치한 적이 없다. 나는 페달을
밟으면서 생각했다.

　손가락으로 만든 소공포를 살며시 풀어 주면서.

지은이 **배시은**

1994년 서울에서 태어났다.

소공포

1판 1쇄 펴냄 2022년 10월 26일
1판 4쇄 펴냄 2024년 11월 11일

지은이 배시은
발행인 박근섭, 박상준
펴낸곳 (주)민음사

출판등록 1966. 5. 19. (제16-490호)
서울특별시 강남구 도산대로1길 62(신사동)
강남출판문화센터 5층 (06027)
대표전화 02-515-2000 / 팩시밀리 02-515-2007
www.minumsa.com

ISBN 978-89-374-0924-0
       978-89-374-0802-1 (세트)

* 잘못 만들어진 책은 구입처에서 교환해 드립니다.

민음의 시

민음의 시
목록

001 **전원시편** 고은

002 **멀리 뛰기** 신진

003 **춤꾼 이야기** 이윤택

004 **토마토 씨앗을 심은 후부터** 백미혜

005 **징조** 안수환

006 **반성** 김영승

007 **햄버거에 대한 명상** 장정일

008 **진흙소를 타고** 최승호

009 **보이지 않는 것의 그림자** 박이문

010 **강** 구광본

011 **아내의 잠** 박경석

012 **새벽편지** 정호승

013 **매장시편** 임동확

014 **새를 기다리며** 김수복

015 **내 젖은 구두 벗어 해에게 보여줄 때** 이문재

016 **길안에서의 택시잡기** 장정일

017 **우수의 이불을 덮고** 이기철

018 **느리고 무겁게 그리고 우울하게** 김영태

019 **아침책상** 최동호

020 **안개와 불** 하재봉

021 **누가 두꺼비집을 내려놨나** 장경린

022 **흙은 사각형의 기억을 갖고 있다** 송찬호

023 **물 위를 걷는 자, 물 밑을 걷는 자** 주창윤

024 **땅의 뿌리 그 깊은 속** 배진성

025 **잘 가라 내 청춘** 이상희

026 **장마는 아이들을 눈뜨게 하고** 정화진

027 **불란서 영화처럼** 전연옥

028 **얼굴 없는 사람과의 약속** 정한용

029 **깊은 곳에 그물을** 남진우

030 **지금 남은 자들의 골짜기엔** 고진하

031 **살아 있는 날들의 비망록** 임동확

032 **검은 소에 관한 기억** 채성병

033 **산정묘지** 조정권

034 **신은 망했다** 이갑수

035 **꽃은 푸른 빛을 피하고** 박재삼

036 **침엽수림에서** 엄원태

037 **숨은 사내** 박기영

038 **땅은 주검을 호락호락 받아 주지 않는다** 조은

039 **낯선 길에 묻다** 성석제

040 **404호** 김혜수

041 **이 강산 녹음 방초** 박종해

042 **뿔** 문인수

043 **두 힘이 숲을 설레게 한다** 손진은

044 **황금 연못** 장옥관

045 **밤에 용서라는 말을 들었다** 이진명

046 **홀로 등불을 상처 위에 켜다** 윤후명

047 **고래는 명상가** 김영태

048 **당나귀의 꿈** 권대웅

049 **까마귀** 김재석

050 **늙은 퇴폐** 이승욱

051 **색동 단풍숲을 노래하라** 김영무

052 **산책시편** 이문재

053 **입국** 사이토우 마리코

054 **저녁의 첼로** 최계선

055 **6은 나무 7은 돌고래** 박상순

056 **세상의 모든 저녁** 유하

057 **산화가** 노혜봉

058 **여우를 살리기 위해** 이학성

059 **현대적** 이갑수

060 **황천반점** 윤제림

061 **몸나무의 추억** 박진형

062 **푸른 비상구** 이희중

063 **님시편** 하종오

064 **비밀을 사랑한 이유** 정은숙

065 **고요한 동백을 품은 바다가 있다** 정화진

066 **내 귓속의 장대나무 숲** 최정례

067 **바퀴소리를 듣는다** 장옥관

068 **참 이상한 상형문자** 이승욱

069 **열흘을 향하여** 이기철

070 **발전소** 하재봉

071 **화염길** 박찬

072 **딱따구리는 어디에 숨어 있는가** 최동호

073 **서랍 속의 여자** 박지영

074 **가끔 중세를 꿈꾼다** 전대호

075 **로큰롤 해본** 김태형

076 **에로스의 반지** 백미혜

077 **남자를 위하여** 문정희

078 **그가 내 얼굴을 만지네** 송재학

079 **검은 암소의 천국** 성석제

080 **그곳이 멀지 않다** 나희덕

081 **고요한 입술** 송종규

082 **오래 비어 있는 길** 전동균

083 미리 이별을 노래하다 차창룡

084 불안하다, 서 있는 것들 박용재

085 성찰 전대호

086 삼류 극장에서의 한때 배용제

087 정동진역 김영남

088 벼락무늬 이상희

089 오전 10시에 배달되는 햇살 원희석

090 나만의 것 정은숙

091 그로테스크 최승호

092 나나 이야기 정한용

093 지금 어디에 계십니까 백주은

094 지도에 없는 섬 하나를 안다 임영조

095 말라죽은 앵두나무 아래 잠자는 저 여자
       김언희

096 흰 책 정끝별

097 늦게 온 소포 고두현

098 내가 만난 사람은 모두 아름다웠다 이기철

099 빗자루를 타고 달리는 웃음 김승희

100 얼음수도원 고진하

101 그날 말이 돌아오지 않는다 김경후

102 오라, 거짓 사랑아 문정희

103 붉은 담장의 커브 이수명

104 내 청춘의 격렬비열도엔 아직도
       음악 같은 눈이 내리지 박정대

105 제비꽃 여인숙 이정록

106 아담, 다른 얼굴 조원규

107 노을의 집 배문성

108 공놀이하는 달마 최동호

109 인생 이승훈

110 내 졸음에도 사랑은 떠도느냐 정철훈

111 내 잠 속의 모래산 이장욱

112 별의 집 백미혜

113 나는 푸른 트럭을 탔다 박찬일

114 사람은 사랑한 만큼 산다 박용재

115 사랑은 야채 같은 것 성미정

116 어머니가 촛불로 밥을 지으신다 정재학

117 나는 걷는다 물먹은 대지 위를 원재길

118 질 나쁜 연애 문혜진

119 양귀비꽃 머리에 꽂고 문정희

120 해질녘에 아픈 사람 신현림

121 Love Adagio 박상순

122 오래 말하는 사이 신달자

123 하늘이 담긴 손 김영래

124 가장 따뜻한 책 이기철

125 뜻밖의 대답 김언희

126 삼천갑자 복사빛 정끝별

127 나는 정말 아주 다르다 이만식

128 시간의 쪽배 오세영

129 간결한 배치 신해욱

130 수탉 고진하

131 빛들의 피곤이 밤을 끌어당긴다 김소연

132 칸트의 동물원 이근화

133 아침 산책 박이문

134 인디오 여인 곽효환

135 모자나무 박찬일

136 녹슨 방 송종규

137 바다로 가득 찬 책 강기원

138 아버지의 도장 김재혁

139 4월아, 미안하다 심언주

140 공중 묘지 성윤석

141 그 얼굴에 입술을 대다 권혁웅

142 열애 신달자

143 길에서 만난 나무늘보 김민

144 검은 표범 여인 문혜진

145 여왕코끼리의 힘 조명

146 광대 소녀의 거꾸로 도는 지구 정재학

147 슬픈 갈릴레이의 마을 정채원

148 습관성 겨울 장승리

149 나쁜 소년이 서 있다 허연

150 앨리스네 집 황성희

151 스윙 여태천

152 호텔 타셀의 돼지들 오은

153 아주 붉은 현기증 천수호

154 침대를 타고 달렸어 신현림

155 소설을 쓰자 김언

156 달의 아가미 김두안

157 우주전쟁 중에 첫사랑 서동욱

158 시소의 감정 김지녀

159 오페라 미용실 윤석정

160 시차의 눈을 달랜다 김경주

161 몽해항로 장석주

162 은하가 은하를 관통하는 밤 강기원

163 마계 윤의섭

164 벼랑 위의 사랑 차창룡

165 언니에게 이영주

166 소년 파르티잔 행동 지침 서효인

167 조용한 회화 가족 No. 1 조민

168 다산의 처녀 문정희

169 타인의 의미 김행숙
170 귀 없는 토끼에 관한 소수 의견 김성대
171 고요로의 초대 조정권
172 애초의 당신 김요일
173 가벼운 마음의 소유자들 유형진
174 종이 신달자
175 명왕성 되다 이재훈
176 유령들 정한용
177 파묻힌 얼굴 오정국
178 키키 김산
179 백 년 동안의 세계대전 서효인
180 나무, 나의 모국어 이기철
181 밤의 분명한 사실들 진수미
182 사과 사이사이 새 최문자
183 애인 이응준
184 얘들아, 모든 이름을 사랑해 김경인
185 마른하늘에서 치는 박수 소리 오세영
186 ㄹ 성기완
187 모조 숲 이민하
188 침묵의 푸른 이랑 이태수
189 구관조 씻기기 황인찬
190 구두코 조혜은
191 저렇게 오렌지는 익어 가고 여태천
192 이 집에서 슬픔은 안 된다 김상혁
193 입술의 문자 한세정
194 박카스 만세 박강
195 나는 나와 어울리지 않는다 박판식
196 딴생각 김재혁
197 4를 지키려는 노력 황성희
198 .zip 송기영
199 절반의 침묵 박은율
200 양파 공동체 손미
201 온몸으로 밀고 나가는 것이다 서동욱·김행숙 엮음
202 암흑향暗黑鄕 조연호
203 살 흐르다 신달자
204 6 성동혁
205 응 문정희
206 모스크바예술극장의 기립 박수 기혁
207 기차는 꽃그늘에 주저앉아 김명인
208 백 리를 기다리는 말 박해람
209 묵시록 윤의섭
210 비는 염소를 몰고 올 수 있을까 심언주
211 힐베르트 고양이 제로 함기석
212 결코 안녕인 세계 주영중
213 공중을 들어 올리는 하나의 방식 송종규
214 희지의 세계 황인찬
215 달의 뒷면을 보다 고두현
216 온갖 것들의 낮 유계영
217 지중해의 피 강기원
218 일요일과 나쁜 날씨 장석주
219 세상의 모든 최대화 황유원
220 몇 명의 내가 있는 액자 하나 여정
221 어느 누구의 모든 동생 서윤후
222 백치의 산수 강정
223 곡면의 힘 서동욱
224 나의 다른 이름들 조용미
225 벌레 신화 이재훈
226 빛이 아닌 결론을 찢는 안미린
227 북촌 신달자
228 감은 눈이 내 얼굴을 안태운
229 눈먼 자의 동쪽 오정국
230 혜성의 냄새 문혜진
231 파도의 새로운 양상 김미령
232 흰 글씨로 쓰는 것 김준현
233 내가 훔친 기적 강지혜
234 흰 꽃 만지는 시간 이기철
235 북양항로 오세영
236 구멍만 남은 도넛 조민
237 반지하 앨리스 신현림
238 나는 벽에 붙어 잤다 최지인
239 표류하는 흑발 김이듬
240 탐험과 소년과 계절의 서 안웅선
241 소리 책력冊曆 김정환
242 책기둥 문보영
243 황홀 허형만
244 조이와의 키스 배수연
245 작가의 사랑 문정희
246 정원사를 바로 아세요 정지우
247 사람은 모두 울고 난 얼굴 이상협
248 내가 사랑하는 나의 새 인간 김복희
249 로라와 로라 심지아
250 타이피스트 김이강
251 목화, 어두운 마음의 깊이 이응준
252 백야의 소문으로 영원히 양안다
253 캣콜링 이소호
254 60조각의 비가 이선영
255 우리가 훔친 것들이 만발한다 최문자

256 사람을 사랑해도 될까 손미
257 사과 얼마예요 조정인
258 눈 속의 구조대 장정일
259 아무는 밤 김안
260 사랑과 교육 송승언
261 밤이 계속될 거야 신동옥
262 간절함 신달자
263 양방향 김유림
264 어디서부터 오는 비인가요 윤의섭
265 나를 참으면 다만 내가 되는 걸까 김성대
266 이해할 차례이다 권박
267 7초간의 포옹 신현림
268 밤과 꿈의 뉘앙스 박은정
269 디자인하우스 센텐스 함기석
270 진짜 같은 마음 이서하
271 숲의 소실점을 향해 양안다
272 아가씨와 빵 심민아
273 한 사람의 불확실 오은경
274 우리의 초능력은 우는 일이 전부라고 생각해
     윤종욱
275 작가의 탄생 유진목
276 방금 기이한 새소리를 들었다 김지녀
277 감히 슬프지 않을 수 있겠습니까? 여태천
278 내 몸을 입으시겠어요? 조명
279 그 웃음을 나도 좋아해 이기리
280 중세를 적다 홍일표
281 우리가 동시에 여기 있다는 소문 김미령
282 써칭 포 캔들맨 송기영
283 재와 사랑의 미래 김연덕
284 완벽한 개업 축하 시 강보원
285 백지에게 김언
286 재의 얼굴로 지나가다 오정국
287 커다란 하양으로 강정
288 여름 상설 공연 박은지
289 좋아하는 것들을 죽여 가면서 임정민
290 줄무늬 비닐 커튼 채호기
291 영원 아래서 잠시 이기철
292 다만 보라를 듣다 강기원
293 라흐 뒤 프루콩 드 네주 말하자면 눈송이의 예술
     박정대
294 나랑 하고 시픈게 뭐여여? 최재원
295 해바라기밭의 리토르넬로 최문자
296 꿈을 꾸지 않기로 했고 그렇게 되었다 권민경
297 이건 우리만의 비밀이지? 강지혜
298 몸과 마음을 산뜻하게 정재율
299 오늘은 좀 추운 사랑도 좋아 문정희
300 눈 내리는 체육관 조혜은
301 가벼운 선물 조해주
302 자막과 입을 맞추는 영혼 김준현
303 당신은 오늘도 커다랗게 입을 찢으며 웃고 있는
     신성희
304 소공포 배시은
305 월드 김종연
306 돌을 쥐려는 사람에게 김석영
307 빛의 체인 전수오
308 당신의 세계는 아직도 바다와 빗소리와 작약을
     취급하는지 김경미
309 검은 머리 짐승 사전 신이인
310 세컨드핸드 조용우
311 전쟁과 평화가 있는 내 부엌 신달자
312 조금 전의 심장 홍일표
313 여름 가고 여름 채인숙
314 다들 모였다고 하지만 내가 없잖아 허주영
315 조금 진전 있음 이서하
316 장송행진곡 김현
317 얼룩말 상자 배진우
318 아기 늑대와 걸어가기 이지아
319 정신머리 박참새
320 개구리극장 마윤지
321 펜소스 임정민
322 이 시는 누워 있고 일어날 생각을 안 한다 임정민
323 미래슈퍼 옆 환상가게 강은교
324 개와 늑대와 도플갱어 숲 임원묵
325 백합의 지옥 최재원